Petit traité de sorcellerie et
d'écologie radicale de combat

© 2021, Philippe Aubert de Molay/Hispaniola Littératures

Édition : BoD - Books on Demand, info@bod.fr
Impression : BoD - Books on Demand,
In de Tarpen 42, Norderstedt (Allemagne)
Impression à la demande
Chargé d'édition HL : Olivier Millet

Photographies : Sebastiaan Stam et Joshua Rawson-Harris

(agence Unsplash)

ISBN : 978-2-3224-4502-8
Dépôt légal : Avril 2021

Petit traité de sorcellerie et d'écologie radicale de combat

3 nouvelles

Philippe Aubert de Molay

HISPANIOLA LITTERATURES

Collection l'Inimaginable

Petit traité de sorcellerie et d'écologie radicale de combat

3 nouvelles

LE MOTEUR DE LA VIE (nouvelle inédite, 2019)
FEU DE BROUSSE (première version publiée in *Boxer dans le vide*, Souffle court, 2017)
PETIT TRAITE DE SORCELLERIE ET D'ECOLOGIE RADICALE DE COMBAT (première version publiée in *Boxer dans le vide*, Souffle court, 2017)

LE MOTEUR DE LA VIE

> *Je prédis que la multiplication des machines développera d'une manière presque inimaginable l'esprit de cupidité.*
>
> Georges Bernanos, *La France contre les robots*

La pire des soumissions c'est l'acte d'achat. Acheter acte physiquement la destruction de sa propre personne, de son âme (vieux mot d'autrefois). Le choix d'une automobile en dit long sur celui qui *achète* cette abomination. S'ils pouvaient acheter leur amoureux – durable ou ponctuel – de la même façon, ils le feraient. Et d'ailleurs ils le font. Moi la seule chose qui est importante – qui a du *prix* puisqu'il faut parler constamment avec ce vocabulaire miasmatique de facturier – c'est le bruit sobre, modeste et décent de tes vêtements quand tu marches pendant l'hiver en forêt sous les nuées grises, les hautes herbes mortes, les branches défeuillées, toutes ces silhouettes végétales en panne ça frôle ta parka semi zippée à capuche avec doublure polaire 85% polyester 15% coton lavage machine à 30°. C'est important aussi cet *effondrement vers le haut* comme disait Arthur Rimbaud (je crois) lorsque tu lèves le regard de nuit, mettons le 14 juillet ou le 15 août, avivé par les sortilèges d'un cri lointain de hibou, dans l'admiration de ce ciel plein à ras bord d'étoiles toutes plus chamaniques les unes que les autres, ces altitudes t'enseignant avec une infinie patience que l'essentiel est là, que l'immensité existe. E-xis-te. C'est ce genre d'instants qui ont du *prix*. Pas le fait de rouler des heures dans une merde polluante en aluminium et en plastique avec HH-Cockpit® Pure Driving Experience.

Aux commandes de votre véhicule HH-Cockpit®, découvrez une conduite intuitive grâce à l'écran tactile capacitif.

Quand est-ce que les gens comprendront que le vital c'est par exemple l'hiver et le ciel la nuit ? Un jour ils comprendront mais tu peux être sûr que ce sera trop tard ☹ que les forêts seront mortes jusqu'à la dernière pomme de pin (et ces forêts d'antan, on les verra alors sur des écrans formidables dans les centres commerciaux). Peut-être même que les étoiles seront éteintes, produisant ce que nous aurons bien mérité : une leçon de ténèbres dominatrice et éternelle, indestructible et illimitée.

Pour une performance haut niveau, votre coupé sport s'équipe des électromotorisations NearTech ou diesel+GreenHDi de dernière génération ambiantale.

Nos yeux de porcelaine. Comme ceux des poupées cassées jetées par ma mère dans le container du tout-venant à la déchetterie. Il ne restera aux survivants que ces yeux de porcelaine contemplant dans la désolation du bitume mondial ces millions et ces millions de SUV, de mini citadines et de coupés sportifs conçus pour décupler votre bien-être et votre sécurité dans une nouvelle mobilité destinée à vous emmener *toujours plus loin/ever further/immer weiter/* مضى وقت أي من أبعد/все дальше/これまで 以上に. Toujours. Plus. Loin. Se dessinera alors dans nos yeux de porcelaine cette ère tout compte fait espérée où, libérée de nos tyrannies millénaires – vu que nous serons en train de crever il faut bien l'admettre je sais c'est dur – la vie sur terre aura peut-être une petite chance de s'en tirer.

Mais nous n'en sommes pas encore là, les amis.

Pour l'heure je viens de commettre l'acte ultime PCDTG (Prends Ça Dans Ta Gueule) comme le disait poétiquement Amina mon amoureuse, emprisonnée voilà pile aujourd'hui un million de minutes soit 16 666 heures 694 jours 99 semaines presque deux années. Pour une peine de prison ferme de 22 ans. Ceci pour le même motif qui me vaut aujourd'hui de recevoir un troisième et dernier courrier de relance. Qui me conduira moi aussi à la réclusion car plutôt crever que de faire ce qu'ils demandent. Que de leur céder. Ma jolie, tout comme toi je refuse d'oublier que la pire des soumissions c'est l'acte d'achat. Qu'acheter acte physiquement la destruction de sa propre personne, de son *âme*. Un million de minutes. Tu me manques tellement.

J'ai lu que dire non c'est trouver du sens. Mais je découvre avec désespoir que s'opposer c'est encore, en définitive, collaborer avec celui contre lequel on croit lutter. Toi ma beauté, tu disais : *toute bonne histoire a ses rebelles, non ? Robin des Bois, La princesse Leia Organa d'Alderaan plus simplement appelée Princesse Leia, Zorro, la sainte trinité des George(s) : Bernanos (*La France contre les robots*), Orwell (*1984 *bien sûr) et Barjavel (*Ravage*. Ah non c'est René lui son prénom).* Ils t'ont enfermée la criminelle parce que tu refusais d'acheter une automobile (Loi BK99B de lutte économico-préservatoire contre le terrorisme anti-consumériste/TAC, peine de 9 à 80 ans d'incarcération sauf si dispense médicale – autophobie – mais faut pas rêver ça arrive jamais). *Plus triomphal que jamais, le RR2 Coupé attire à lui tous les regards. La suprématie. Un chef-d'œuvre d'élégance sportive.* Voici exactement ce million de minutes, ils sont venus à trente ou quarante exploser ta porte un soir de printemps. Ils ont battu ton père.

L'humanité a un destin étoilé qu'il serait bien dommage de perdre sous le fardeau de la folie juvénile et des superstitions infondées. Isaac Asimov. OK. On apprend tous cette phrase par cœur à l'école. Elle est gravée sur les bâtiments publics, brodée sur les uniformes innombrables qui, *pour notre sécurité*, nous *accompagnent*. Comme le SPQR des Romains, les moutons se la tatouent sur l'épaule cette phrase dévoyée (pauvre Asimov) sous la forme contractée célèbre HDEDP2FJSI. Bande de connards aveuglés.

Et si on veut pas y aller dans ces putains d'étoiles ? (sauf en les regardant les nuits d'août couché dans l'herbe avec son amoureuse et le dernier hibou du coin, quitte à en mourir de déférence et de loyauté, de magie même peut-être devant le spectacle du monde).

Aimer l'automobile c'est le moteur de la vie répète psychotiquement l'autre fdp à chacune de ses émissions TV dont le visionnage est désormais obligatoire aux 14-25 ans (loi BK31D dite d'apprentissage des valeurs). Le moteur de la vie.

Je prédis que la multiplication des machines développera d'une manière presque inimaginable l'esprit de cupidité (Georges Bernanos). Ils ont trouvé cette phrase au fond de ton bio-smartphone. Alors le magistrat a ajouté le mortel mot *incompressible* à ta peine de 22 années. Tu es partie là-bas à 17 ans ma bien-aimée (tiens, encore un vieux mot d'autrefois, mes préférés).

Trop ardents les étés pour que l'on profite d'eux. Dans la surchauffe inquiétante de la centrale nucléaire voisine alimentant la meute toujours plus dévoreuse des automobiles passées à l'électrique pour continuer de polluer méthodiquement – mais autrement.

Sur les trottoirs, les policiers contrôlent les piétons. Si tu n'as pas de permis de conduire et de carte grise attestant que tu possèdes obligatoirement un véhicule dès tes 15 ans (j'en ai 16) : garde-à-vue. J'ai brûlé mes papiers. Jamais j'achèterai d'auto jamais. Comme ça tu vois ils m'emmureront vivant moi aussi. *Prenez le volant d'un SUV qui vous ressemble, atypique.* La liberté sans toi mon amour, pas besoin. J'irai pas dans leurs étoiles.

FEU DE BROUSSE

*On parle toujours du feu en enfer
mais personne ne l'a vu.
L'enfer, c'est le froid.*

Georges Bernanos, *Monsieur Ouine*

Lorsque la petite moitié de l'Afrique australe a été considérée par les experts comme définitivement perdue pour l'habitat humain, l'inquiétude a gagné du terrain. La presse ne savait pas comment présenter les choses, les politiques brassaient de l'air et de mauvais prophètes alarmaient les gens. Pour se résumer, la situation était la suivante : généré par une sécheresse de huit ans (elle-même produite par le réchauffement climatique s'étant visiblement emballé), le plus gigantesque incendie de tous les temps ravageait la Namibie, le Botswana, le Zimbabwe, la moitié du Mozambique et de l'Afrique du sud. Autrement dit, cela se passait sur la lune. Car nous étions bien loin géographiquement de cette catastrophe. Peu après, nous devions changer d'avis. Car le bilan provisoire, c'était des milliers de disparus et soixante-huit millions de ressortissants évacués. De plus, le monstrueux feu de brousse brûlant nuit et jour, remontait vers le nord à raison de trois cent mètres par vingt-quatre heures. Les flammes se jouaient des montagnes, contournant les fleuves en détruisant les milliers de pompes à eau géantes de marque chinoise 草書 installées par la communauté internationale.

Bientôt l'Angola et la Zambie partiraient en fumée à leur tour. L'armada d'avions bombardiers d'eau s'avérait inutile. De nombreux chercheurs parlaient à voix basse de combustion spontanée.

C'est durant cette crise mondiale que j'ai fait moyen de tomber amoureux. Les gouvernements avaient beau informer les populations qu'il n'était pas raisonnable de tomber amoureux, cela se produisait tous les jours. L'Organisation Mondiale de la Santé avait formellement établi que : plus le sentiment amoureux était présent chez les humains, plus les grands incendies se propageaient, gagnaient en force. Nous avons tous vu sur internet ces expériences terrifiantes où l'on plaçait des personnes à cinq cent mètres de la muraille de flammes. Si des amoureux faisaient partie du groupe témoin, la fournaise se démultipliait de 20 à 38%. Un stupéfiant phénomène, qualifié de métaphysique. Alors des lois ont été promulguées pour interdire à quiconque de tomber amoureux. La peine de mort a été retenue dans certains pays (Etats-Unis, Chine, Iran, Indonésie, Egypte, etc.) pour punir les hors-la-loi. Le Texas a inventé une sorte de surpuissant siège éjectable propulsant les condamnés derrière le mur de flammes. Au plan scientifique, cette relation de cause à effet a été baptisée *l'épanouissement Gatsby*. Et nul sur terre n'était capable de fournir la moindre explication sur cette manifestation dévastatrice. Aimer produisait l'incendie ? *L''épanouissement Gatsby*, c'est une neurologue mexicaine de la faculté de médecine de l'Université autonome de Guadalajara qui, la première, avait utilisé cette curieuse expression en constatant l'effet épanouissifiant du sentiment amoureux sur la réaction chimique exothermique d'oxydation appelée combustion. Le docteur Ariela Bauman avait cité Francis Scott Fitzgerald et son roman

Gatsby le Magnifique : *Son cœur battait de plus en plus vite à mesure que le blanc visage de Daisy se rapprochait du sien (...). Puis il l'embrassa. Au contact de ses lèvres, elle s'épanouit comme une fleur.*

La fin du monde ? On se félicitait toutefois que ne soit pas survenu ce que les gens craignaient le plus : aucune collision à signaler avec un astéroïde venu des confins de la constellation du Dragon, aucun tremblement de terre géant en Californie ni au Japon. Même si l'humanité l'avait redouté durant plusieurs mois, pas d'épidémie zombie propagée par le virus Zika1000, virus à ARN simple brin de polarité positive de 10 794 nucléotides codant pour un précurseur polyprotéique de 3 419 acides aminés (G. Kuno, A. Bauman et G.-J. J. Chang, *Full-length sequencing and genomic characterization of Bagaza, Kedougou, and Zika1000 viruses*, OMS, Arch Virol., vol. 172, no 4B, 2016, p. 687-696 - DOI 10.1007/s00705-006-0903-z). Pas plus de guerre généralisée produites par la pénurie d'eau ou d'hydrocarbures. Ni de féroces famines régionales ni de raréfaction de l'oxygène (à cause d'une sombre histoire de trou dans la couche d'ozone). Après les drames de Tchernobyl, Fukushima et Fessenheim, l'industrie nucléaire n'avait jamais été remise en question par une opinion publique désireuse que les postes de télévision ne s'éteignent surtout pas. Puis le feu. C'était par le feu que nous allions tous périr. Déjà 295,4 millions de morts d'après les Nations Unies. En boucle, des reportages expliquaient que la combustion est une réaction chimique dégageant de la chaleur (exothermique) et de la lumière. C'est aussi la dégradation visible d'une matière, y compris un corps humain. Elle ne pouvait avoir lieu que si l'on réunissait trois facteurs : deux composés chimiques (un combustible et un comburant) et une source d'énergie (énergie d'activation) - ce que l'on appelle le triangle du feu. En terme général, le feu se déclenchait par l'action d'une flamme et /ou d'une simple étincelle, elles-mêmes inaugurées par une réaction chimique entre deux ou plusieurs corps. Sous l'effet de l'énergie d'activation (notamment de la chaleur), le combustible se décomposait (pyrolyse), le produit de cette décomposition étant un gaz qui réagissait avec le comburant (en général le dioxygène de l'air). Ainsi, nous pouvions résumer le processus par la formule suivante : combustible + chaleur + dioxygène = feu.

Comment survivre à l'effondrement mondial ? Dana et moi étions tombés méchamment amoureux et ne ferions rien pour éviter ce terrible crime.

Aux informations de dix-neuf heures, j'étais en voiture et il faisait très chaud pour un mois d'avril en Europe occidentale (38° au thermomètre du tableau de bord), ils ont dit qu'un second foyer d'incendie venait de démarrer avec violence dans le sud de la Malaisie et le nord-ouest de l'Indonésie. Après un mois de lutte, il avait fallu se rendre à l'évidence : il serait impossible d'endiguer le brasier et encore moins de l'annihiler. En quelques semaines, les villes malaisiennes de Johor Bahru (838 937 habitants), Melaka (187 111 hts), Port Dickson (155 039 hts) n'étaient plus que cendres. Kuala Lumpur (1.582 909 hts), la capitale, était menacée. En Indonésie, les grandes îles de Sumatra (50 365 538 habitants) et de Bornéo (20 000 000 hts) voyaient leurs dernières forêts, déjà mises à mal par l'industrialisation, partir en fumée. Jusqu'aux rochers qui fondaient tant la température s'avérait élevée. Singapour (5 312 400 hts) était actuellement la proie des flammes.

Voilà ce que Dana a écrit un jour et je ne lui ai pas demandé la permission pour apprendre ce texte par cœur. Par. Cœur. Elle sera peut-être en colère que ces mots si beaux et si personnels soient lus par des étrangers mais tant pis, allons-y, je prends le risque car - en toute sincérité - je les récite comme une prière, comme une déclaration de paix, comme une tempête emportant tout, comme la preuve qu'il aura existé quelque part la femme que je cherchais. Cela disait : *Je suis née, je vis. Et j'ai deux oreilles pour entendre, deux yeux pour voir le jour, deux mains pour toucher et caresser, un nez pour sentir, une bouche pleine de gourmandise, une bouche pour parler et pour rire, des pieds nus pour sauter, pour danser, un esprit pour réfléchir, des rêves plein la tête et deux mains pour bâtir, la tendresse et l'amour, l'amour qui me guide.* Et puisque j'ai reçu ce miracle qu'est la vie, je sème patiemment des graines autour de moi. Incarner la justesse, l'authenticité, relever les manches de mes petits bras, faire et sentir le bon, le bien, le beau. Remercier la vie de me donner des expériences. Apprendre. Je ne me pose jamais en juge mais déteste l'injustice. J'aspire à la joie, à l'amour et à la paix. Je ne suis pas parfaite. Nul ne l'est. Je fais de mon mieux. Ce que je suis, je l'ai bâti. Je n'ai pas terminé. Je souhaite partager cela. Volonté d'aimer version kleenex, symbole d'une société jetable et abjecte s'abstenir avec moi. Ni dieu, ni maitre, sauf soi. Plus tard, elle avait écrit qu'elle cherchait *des relations vraies et constructives. La tendresse. La gentillesse. L'écoute. L'humour et la sincérité. La joie. Les heures qui passent et ne se ressemblent pas. Méditer. Échanger. Les esprits clairs. Ne pas se prendre trop au sérieux. Vivre chaque jour comme si c'était le dernier. Les êtres singuliers qui savent profondément ce qu'ils veulent. Un compagnon de route, quelques TU à te dire, le rivage d'un IL avec qui je déploierais pleinement mon ELLE.* Un jour quelqu'un m'a dit : « *Quand tu aimes, tu ne te poses pas la question, cela* te semble une évidence, tu as tout le temps envie d'être avec cette personne, envie de lui parler, de lui faire du bien, et quand tu es seul et que tu te parles en toi-même, ce n'est plus à toi que tu parles, mais à elle ». *Partager la force de la vie, les pieds sur terre, la tête dans les étoiles.* J'avais lu et relu ce qui précède, n'en croyant pas mes yeux. M'était dit que l'homme qu'elle aimerait aurait bien de la chance. Un roi. Je trouvais extrêmement élégante sa façon d'exprimer ce mélange de volonté et d'abandon semblant la caractériser.

Il fallait se rendre à l'évidence : le feu progressait, prenant irréparablement la route du nord, dévorant tout sur son passage. Jusqu'à cinq à six mètres de profondeur d'après les experts, les flammes mangeaient la terre, décomposant toute matière végétale, organique et parfois minérale en surface et en sous-sol, faisant s'évaporer les fleuves et les lacs, disparaître définitivement toutes les ressources. Dernièrement, les cités africaines de Durban (678 777 habitants), Luderitz (88 120 hts), Mariental (316 400 hts), Lululyon (98 000 hts), Maputo (999 999 hts), Bernanos Harbor (21 473 hts) et Prétoria (711 416 hts) avaient été néantisées. Inauguration de la fin du monde.

On nous racontait que c'était le réchauffement climatique, que ce dernier était probablement la combinaison de nombreux facteurs, le défi étant d'être capable de comprendre quel était le degré de responsabilité de chaque cause. La pollution était citée en premier, notamment à cause de l'émission massive depuis 1960 de gaz à effets de serre. Des gaz absorbant le rayonnement infrarouge émis par la surface terrestre. Ce qui créait un fonctionnement similaire à celui du vitrage d'une serre : le bénéfique rayonnement solaire rentrait mais ne pouvait pas ressortir, installant une sévère augmentation de la température de l'atmosphère. Le plus connu de ces gaz : le CO2. Mais citons aussi le méthane ou l'ozone troposphérique. Les CFC, utilisés dans les appareils produisant du froid (réfrigérateurs, congélateurs, climatiseurs, etc.) étaient aussi problématiques. J'habitais en toi, Dana. Tu étais ma maison. Ton corps, ton esprit, ta voix : mon abri. Vivre à tes côtés, c'était comme d'être heureux dans une cabane construite avec quatre bouts de planches et trois clous là-haut dans les frondaisons. Tu m'avais si immédiatement plu. Un éblouissement.

J'étais ébahi car un soir nous avions vécu un petit miracle. J'avais déjà eu la chance d'en vivre un de petit miracle autrefois. C'était bien avant ce qui arrive aujourd'hui à l'humanité. Un jour je téléphonais à mon meilleur ami on parlait et il m'avait dit je vais chez le coiffeur jeudi matin ça alors j'avais répliqué moi aussi j'y vais jeudi matin. Ah bon, il avait fait, à quelle heure ? à 10h30 j'avais répondu. Et lui : moi aussi ! j'ai rendez-vous à 10h30 ! rends-toi compte : tous deux ce jeudi à 10h30 chez le coiffeur dans deux villes différentes, c'est vraiment un signe du destin. C'était donc un petit miracle cette coïncidence. Mon premier petit miracle. Et là un soir je parlais avec Dana et le second petit miracle est survenu : elle me dit écoute sais-tu qui est mon écrivain préféré ? Je réponds non mais pour ma part sache que c'est Georges Bernanos. Alors elle : c'est un signe du destin, Georges Bernanos est mon écrivain préféré depuis l'adolescence. Notre stupéfaction. Décidément tout nous rapprochait, le cosmos entier avait conspiré depuis nos naissances pour nous réunir. Georges Bernanos est un écrivain français, né le 20 février 1888 dans le 9e arrondissement de Paris et mort le 5 juillet 1948 à Neuilly-sur-Seine. Il passe sa jeunesse à Fressin, en Artois, et cette région du Pas-de-Calais constituera le décor de la plupart de ses romans. Il suit des études de droit à l'Institut Catholique de Paris. Il participe à la Première Guerre mondiale et y est plusieurs fois blessé, puis mène une vie matérielle difficile et instable en s'essayant à la littérature. Il obtient le succès avec ses romans *Sous le soleil de Satan* en 1926 et *Journal d'un curé de campagne* en 1936. Dans ses œuvres, Georges Bernanos explore le combat spirituel du Bien et du Mal, en particulier à travers le personnage du prêtre catholique tendu vers le salut de l'âme de ses paroissiens perdus, ou encore par des personnages au destin tragique comme dans *Nouvelle histoire de Mouchette*. Dana, Georges et moi, voilà que nous formions une sorte de triade amoureuse.

Tandis que les millions de réfugiés ralliaient l'hémisphère nord et que des émeutes ensanglantaient la moitié du globe, on recevait des mails comme celui-ci : *Bonjour/ Bonsoir cher internaute, Ce message porté à votre attention est loin d'être une distraction ou une comédie. Il n'est plus à démontrer l'importance du vodoo (divinités ancestrales au Bénin) et sa puissance mystique relevant de la sorcellerie gouvernant toute existence. Moi Duih Gbénouvé (né en 1778), dignitaire du culte vodoo et fils de roi-magicien, natif du royaume d'Abomey, décide d'étendre mes œuvres issues de la réalité des forces occultes à l'attention du monde entier actuellement frappé par le feu final. Je décide d'offrir mes services à toute personne en quête de la santé, du bonheur et du succès. J'opère par magie depuis 188 ans et je vais continuer. J'applique le traitement traditionnel pour les cas de folie ou de dépression liées à la magie, d'insomnies provoquées par les déviations spirituelles, d'addictions au tabac ou à l'alcool, de maladies rendant impuissante la médecine classique (cancers, cardiopathies,* disfonctionnements de la prostate, des reins, des poumons, du foie, de la langue, des os, de l'audition, de la vue, de l'appareil génital). Je suis un soigneur. Je peux arrêter le feu final. Je peux retarder l'Apocalypse. Comme on le dit si justement, c'est à l'œuvre qu'on reconnaît l'artisan. Vous constaterez la portée de mes faits. Merci de me contacter à mon adresse e-mail personnel : papafusion@gmail.com. Je peux dès votre irruption dans l'autre monde, vous ouvrir les portes d'un lieu paisible où il est inutile d'appeler la Banque populaire pour les rassurer, où la paie et le remboursement de la sécurité sociale ne tarderont pas, où il ne sera pas nécessaire de payer toutes les dix secondes pour respirer. Je peux gérer efficacement votre mort prochaine, retenir votre place dans l'au-delà et vous installer dans une vie surnaturelle heureuse. Je passais tout mon temps avec toi, Dana, la mort prochaine m'indifférait. Tes mots, ta peau, ta joie et ta colère. Tu murmurais comme une petite fille : *Je suis née, je vis*. Je te regardais, te découvrais belle comme de la nourriture préparée pour une fête, comme une table dressée. Je chantais ta simplicité et ta somptuosité. Ta bonté et ta finesse, ta gentillesse et ta prévenance. Ton intelligence et les trésors de ta conversation. Nous le savions tous deux, aimer c'est quand on devient enfin capable d'oublier le passé. Quand le petit présent fragile l'emporte. Tes oreilles étaient des bijoux de prix. Tes mains, des oiseaux joyeux. Tes yeux, des saintes icônes. Toute ta personne était la manifestation du vivant.

Les scientifiques estimaient que le feu aurait embrasé l'intégralité de la planète dans moins d'une dizaine d'années à tout casser, plutôt six ou sept. D'après les calculs, notre terre suppliciée se consumerait ensuite durant environ 750 000 ans puis se refroidirait lentement en rougeoyant dans l'espace, telle un mini soleil, pendant le même laps de temps. Puis la terre serait un astre mort, calciné, débarrassé de toute forme de vie. L'enfer. Même s'il ne fallait pas totalement exclure qu'un nouveau cycle ne revienne. La vitalité des graines les plus enfouies, peut-être ? Mais d'ici là, des millions de réfugiés fuiraient le grand bûcher en se précipitant, par vagues successives, vers les surpeuplées étendues boréales. Lequel nord serait, lui-aussi et à terme, submergé de réfugiés puis carbonisé. Dans 2 ans, l'Amérique du sud aurait commencé intégralement à roussir. Le flamboiement africain aurait encerclé Libreville et Mombasa dans quelques mois seulement. En Asie, on ne parlerait plus de Pékin ni du Tibet, de la passe de Peshawar (en ourdou : پشاور ; en pashto : پښتور) ni de la somptueuse Hué, l'ancienne capitale impériale du Viêt Nam (1802-1945) sur la rivière des parfums. Dans trois ans, Casablanca et Jérusalem, Bruxelles, Santa Fe et Varsovie ne seraient plus qu'un souvenir. Les pompes à eau géantes 草書, autant pisser dans un violon. Dans cinq à six ans, après la crémation des dernières villes d'Alaska, de Laponie et de Sibérie, nous serions tous morts.

Dana avait dit qu'elle aimait Clint Eastwood, regarder les étoiles, *1984* de George Orwell, le vieux film *Broken Flowers* (je l'aimais aussi beaucoup), enlacer et embrasser, faire la sieste, Hayao Miyazaki, les longues promenades juste après la pluie, les pique-niques, les librairies, ne rien faire parfois. Dana, voici des informations sur toi : 175 cm, 63 kg, musclée, cheveux gris et yeux verts, 38 ans. Je te trouve un visage d'héroïne du XVIIIème siècle. On dirait que tu as été peinte par Fragonard. Le portrait de sa jeune fille au chien, c'est toi. Tu as un petit air de son espiègle Marie-Madeleine Guimard. Ou, mieux, de sa jeune fille délivrant un oiseau de sa cage. Tu es belle comme un jardin la nuit. Limpide comme une source cachée sous les fougères, intuitive comme un animal libéré. Je te devine une énergie de spartakiste. Je suis troublé par ton allure assez sage de Mary Poppins sans doute délicieusement trash en réalité. Je m'étais longtemps demandé (et c'était plutôt un commentaire qu'une question) si la vie avait quelque chose à voir avec moi. Me reposant sur l'expérience plutôt stérile des jours et des années, j'avais été disposé à penser que, de près ou de loin, mise à part me conduire à la mort par des chemins interminables dans l'illusoire dévotion à ma propre personne, l'existence ne m'avait pas spécialement fait de cadeau. Je m'étais senti un peu seul et j'avais cessé, un jour, d'attendre que le miracle d'une jolie rencontre ne se produise. Puis Mary Poppins, délivrant les oiseaux de leur cage, était venue me dire dans un sourire de reine que *faire la sieste était une activité des plus anthropologiquement indispensables. Le territoire des corps dévêtus et des rêves encourageants était à visiter avec assiduité.* Dans une sorte d'urgence, ayant à voir avec le culte que l'on rend à une splendide journée d'été au bleu métaphysique ou bien au crissant givre de décembre faisant danser les trottoirs, tu respirais à grandes goulées. Je me suis douté qu'à tes côtés, Dana, la vie était un détour mortel avant l'intimidant silence terminal. Mais que ta petite chanson de femme heureuse de vivre pouvait me réconcilier avec l'univers. Magicienne !

Même les îles ont pris feu. Cela venait des entrailles de la terre. Soudain des flammes surgissaient d'en dessous les pierres. Les racines des pacaniers ou des eucalyptus chauffaient à blanc et trente minutes plus tard les arbres devenaient des torches. Les sapins bourdonnaient comme des ruches lorsque leur sève odorante dorait la nuit en brasillant, des nuées d'oiseaux rôtissant en plein vol. Il fallait fuir les îles. Toutes. Partout, du nord au sud, d'hier à aujourd'hui, l'indomptable feu de brousse. En Europe, la police traquait les amoureux, les séparant et les parquant dans des camps loin des zones sensibles. Les couples qui s'évadaient trois fois étaient exécutés par injection d'après une loi votée démocratiquement. Nous nous étions évadés à deux reprises et pas question de nous reprendre cette fois-ci, la troisième tentative serait la bonne. Nous faisions discrètement route vers le nord du continent, vers la Russie septentrionale peut-être, cherchant à rejoindre les cités surpeuplées de Novossibirsk (Новосибирск) ou Komsomolsk-sur-l'Amour (Комсомольск-на-Амуре).

On s'aimait plus que jamais. Essayez de séparer deux amoureux pour voir. Relisez *Roméo et Juliette, Tristan et Yseult,* fréquentez *Rodrigue* et *Chimène*, visionnez le film la *Leçon de piano.* Au siècle dernier en Nouvelle-Zélande, Ada, mère d'une fillette de 9 ans, doit suivre son nouveau mari dans les profondeurs du bush. Il accepte d'y emporter tous ses meubles à l'exception d'un piano qui échoue chez un voisin illettré. Ne pouvant supporter cette perte, Ada accepte le marché que lui propose ce dernier. Regagner son piano touche par touche en se soumettant à ses fantaisies et confidences. Palme d'or 1993. Sur ma tablette, je conserve précieusement tel un trésor caché la bande annonce : https://www.youtube.com/watch?v=SS_L8VSgbDs. L'amour, la seule raison pour mettre un pas devant l'autre.

L'anthropologue Polly Wiessner a évalué l'activité nocturne et diurne des Bushmen du Kalahari et estimé que la majorité des conversations du jour portent sur des questions économiques (stratégies de chasse et de cueillette, fabrication d'outils), des critiques liées à l'événementiel, des plaisanteries et des commérages (6 % du temps étant seulement consacré à raconter des histoires). Alors que la nuit autour du feu, plus de 80 % des conversations sont des contes, souvent au sujet de personnes distantes ou du monde des esprits. Selon Polly Wiessner, la domestication du feu par les chasseurs-cueilleurs a permis l'allongement du temps de veille, la vie nocturne centrée sur la réunion autour du foyer favorisant les interactions sociales et l'émergence des cultures préhumaines par le chant, la danse ou le fait de raconter des histoires (Polly W. Wiessner, *Embers of society: Firelight talk among the Ju'hoansi Bushmen,* Proceedings of the National Academy of Sciences, vol. 11, no 39, 30 septembre 2014, p. 14027–14035 - DOI 10.1073/pnas.1404212111 -, edited by Robert Whallon, University of Michigan, Ann Arbor, MI, and accepted by the Editorial Board August 7, 2014, received for review March 4, 2014).

Alors voilà ce qu'on a fait. Le brasier serait là dans une petite huitaine, un peu plus ou un peu moins selon le vent. Mettons pour dimanche prochain. Déjà l'air apportait de temps à autre cette odeur si caractéristique de crème brûlée, de torchon qui brûle, de sorcière brûlée en place publique, de chandelle brûlée par les deux bouts, de tête brûlée. On allait brûler nos vaisseaux. Se brûler les ailes. Car qui s'amuse avec le feu, se brûle. Après quelques brèves années de repli constant vers le nord (dont dix-huit mois en Islande avant qu'un volcan ne nous contraigne à l'exil), on a dit stop, Dana et moi. On s'est installé dans une maison confortable du côté de Saariselkä, à la frontière russo-finlandaise. On a mangé un gratin de fruits des bois et bu une ultime et miraculeuse bouteille de vin jaune, on a parlé de nos existences, de nos morts et des possibles prochaines retrouvailles avec eux. Afin de se rappeler cette douceur du foyer chère à l'anthropologue Polly Wiessner, devant une vidéo d'une heure quarante-neuf minutes montrant en plan fixe quelques bûches flambant dans une jolie cheminée, on a fait l'amour sur une imitation de peau de tigre, comme si c'était la dernière fois et ça l'était. Preuves de notre court passage sur terre, les étoiles ont emplies nos yeux de leur beauté surnaturelle. Quel mystère que la voûte céleste. Le thermomètre indiquait 44°. On avait vécu comme les autres. Des heures heureuses. Puis des coups et encore des coups, de nouveaux coups. Le sentiment d'impuissance. Puis encore des coups. Un jour (et c'était aujourd'hui), un seuil avait été franchi, c'était assez, refus de fuir encore un peu plus loin. Alors tout s'effondrait sur lui-même. A ma connaissance, les dernières choses que nous nous sommes dites tandis que la température continuait d'augmenter brutalement au-delà du respirable, c'était que j'estimais que les gens, d'une manière générale, avaient beaucoup de talent, surtout celui de tout bousiller. Qu'à voir avec cette planète. Et toi Dana, tu as dit que tu regretterais la neige tombant silencieusement. On avait un paquet de flocons d'avoine sous la main alors je l'ai ouvert et en ai vigoureusement saupoudré l'air ambiant, le canapé en cuir beurre frais du salon, ta chevelure divine. On aurait presque cru de la neige mais si chaude. Et, tandis qu'un tsunami rouge révolutionnaire, haut comme un immeuble de cent étages, beau feu de joie, s'approchait au galop de la maison en hurlant son cri de guerre, tu t'es jetée dans mes bras et je t'ai vu rire de bon cœur ma belle.

PETIT TRAITE DE SORCELLERIE ET D'ECOLOGIE RADICALE DE COMBAT

> *Je pense depuis longtemps déjà que si un jour les méthodes de destruction de plus en plus efficaces finissent par rayer notre espèce de la planète, ce ne sera pas la cruauté qui sera la cause de notre extinction, et moins encore, bien entendu, l'indignation qu'éveille la cruauté, ni même les représailles de la vengeance qu'elle s'attire mais la docilité, l'absence de responsabilité de l'homme moderne, son acceptation vile et servile du moindre décret public.*
>
> Georges Bernanos, *La Liberté, pour quoi faire ?*

Beaucoup d'années dans les tunnels. Nous menons une vie souterraine. Dans de vastes caches aménagées avec un certain confort, nous dormons, nous sommes devenus un peuple du dessous, nous aimons, nous tramons nos opérations contre l'ennemi. Celui-ci nous appelle « les rats ». Nous nommons l'ennemi « celui qui nous appelle les rats ». En bas des villes dévastées s'étendent à l'infini les lignes de métro, les anciens réseaux de distribution d'énergie, les abris anti-catastrophes climatiques, les zones de stockages abandonnées, les sous-sols divers et les interminables couloirs de circulation. J'explore des rivières d'eau noire, les passerelles au-dessus des abîmes éteints, les ascenseurs bloqués.

J'habite ces parkings immenses dont les gens ont transformés les véhicules définitivement immobiles en habitat, les rames de métro c'est pratique. Dans la sûre pénombre se révèle les galeries commerciales pillées, les cinémas enterrés aux centaines de sièges vides, les postes de secours oubliés. Tous ces puits forés vers on ne sait où, ces cachettes sérieuses. Les gouffres. Nos tanières. Un trou gigantesque, comme la bouche de la terre dont nous serions le cri de révolte. C'est la guerre depuis si longtemps. Habitants de ce morne désert de ferrailles tordues, nous résistons. Autrefois, j'étais chauffeur de bus. Dix ans sur la même ligne. Les navettes Airporter du trajet entre JFK/La Guardia et Manhattan partaient toutes les vingt à trente minutes entre 5h00 et 23h30. Le prix des billets était de $16,00 pour un aller simple ou de $29,00 pour un aller-retour. Ces navettes sur Manhattan avec arrêts à Penn Station, Grand Central et Port Autority Bus Terminal. Internet à bord. Autrefois ma vie c'était : je roule, je roule, je roule. Même trajet huit à douze fois par jour. Tous les matins dans la fin des étoiles, avec le vent violent venu de la mer pour faire chanter les tôles d'acier de mon bus et griser les visages neutres des gens, dans le bruit impersonnel des roulettes de bagages sur l'asphalte, je prenais le volant. Trafic et café chaud bien sucré. Mon bus encore fumant comme sorti du four nocturne. Autoroute tel un toboggan déversant les gens sur le béton congelé et inamical de la ville. Tous ces robots que Dieu est censé connaître par cœur, aimer personnellement et dont il prépare normalement, d'épreuve en épreuve et dans l'effondrement des rêves perdus, l'éveil. Entre deux rotations, je n'avais pas faim mais je mangeais un yaourt vanille-goyave ou des caramels au sel marin en regardant le sport à la télé dans la salle de détente des chauffeurs.

Autrefois, je voyais souvent le petit matin dorer les vitres de ma chambre. Encore pas pu dormir, je protestais. C'est que mon appartement était éclairé toute la nuit par les néons publicitaires du centre commercial voisin. En rouge fluo : *1 m2 acheté 1 m2 offert* était devenu le 5 septembre avec les ampoules grillées *1 m2 acheté 1 m2 ffert* puis *1 m2 ach té 1 m2 ffert* le 20 décembre. Chaque nuit j'attendais fébrilement la suite, quelle lettre ou quel chiffre s'éteindrait cette fois-ci et à quelle date ?

Alors prendre sa douche hyper tôt. Pour se laver de ces mots qui te sautaient à la gorge et te mordaient jusqu'au sang : insomnie, colère, mépris, impuissance. Absurdité. Porter l'uniforme impeccable des chauffeurs. Ma vie comme si je passais un coup de fer dessus. Tout aplanir. Sentir bon le propre savonné et sourire. Théâtralité. Se tenir à carreaux tandis que nos seigneurs et maîtres, les hommes d'argent et leurs pantins politiques, fabriquaient toutes leurs richesses sur notre dos. Aristocratie et domesticité. C'était peut-être faux mais c'était ainsi que je voyais les choses. Combien on était à penser de la sorte ? et à ne rien tenter – même minimement - pour changer quoi que ce soit à la situation ? puis dans les minutes automatiques et funèbres où s'allumaient les diners, les lugubres avenues et les arbres tremblants, prendre un autre bus pour aller conduire son propre bus. C'était comme ça. Ma vie. Monde mort. Je ne le regrette pas. Absurdité : caractère ou sentiment de ce qui est absurde, contraire à la raison.

Je préfère maintenant. Ce siècle nouveau où les jours n'ont ni date ni nom. On dit hier demain voici trois jours quatre jours avant dans dix jours il y a longtemps dans très longtemps etc. ce genre d'expression. Ce siècle où la guerre témoigne du pouvoir immense de nos âmes dénudées par la peur et le courage. Par cette activité qui nous correspond si naturellement casser ce qui est. Construire est une erreur. Démolir est la vérité. L'entropie, nous la révérons. L'origine de la déflagration mondiale ? L'ennemi dira que nous étions irréconciliables tout compte fait, avec l'idée de profit. Nous répondrons que c'est vrai. Que nous nous souvenons de ces dizaines de coûteuses conférences internationales pour changer de civilisation du fait des désastres climatiques. De l'inutilité de ces rencontres d'experts. Du refus de changer porté par les gens de pouvoir. Nous rappellerons que les premières guérillas vertes ont surgies dans des territoires forestiers suppliciés par les pelleteuses et la chimie. Sur le rio Negro en Amazonie et le haut fleuve Congo, près du Baïkal en Sibérie. C'est là que l'emblème des luttes, le Mort bleu est apparu. Il s'est vite propagé planétairement à la faveur des guérillas urbaines. Chicago, Mexico, Lomé, Nairobi, Hanoï, Athènes, Madrid, Paris, les premières villes soulevées. Un an plus tard, trois cent cités de plus. Batailles de rues. Ecologie radicale de combat. J'ai appris l'art de la baston. J'aime ça maintenant. Le Mort bleu a été peint, sculpté, graphé des millions de fois sur les murs, l'asphalte, nos véhicules. On le porte en brassard. Une tête de mort bleue. Origine graphique incertaine. Le bruit court qu'on l'aurait vu pour la première fois en France à Strasbourg. D'autres disent non c'était en Floride à Tampa. Va savoir. Je me revois dans ma soumission d'avant. Dans ce restaurant à deux pas de chez moi, j'aimais bien cet endroit car ils passaient toujours Bjork ou Son Lux pas trop fort. Et de vieux épisodes vus, revus et re-revus de *Walking Dead*. C'était devenu un jeu : deviner le titre de l'épisode, la saison, j'étais bon à ce petit jeu. Je commandais une assiette de pastrami. La serveuse, c'était la belle Rozine, me disait souvent non ce soir il n'y en a plus, désolée, rupture de stock de pastrami. La bande d'ouvriers de l'électricité n'en a pas laissé une miette. OK, je faisais d'un air cool, j'avais pourtant envie de pastrami. Bon. C'était quand même une spécialité majeure de New York (poitrine de bœuf moelleuse épicée et fumée, servie tiède en tranches fines, à l'origine une recette roumaine devenue légendaire dans la cuisine juive) mais, très fréquemment, il n'y en avait plus. Je mangeais autre chose (un Reuben les trois quarts du temps, ce sandwich grillé fait de corned-beef, de choucroute, d'emmental et de sauce russe. Une splendeur, la fête dans ta bouche). Mais j'en avais conclu - et je n'en ai jamais démordu - que rien ne dépend de soi : ni l'amour, ni l'argent, ni la paix ni la guerre, ni le pastrami ni quoique ce soit en cette vallée de larmes, pas même, donc, ton plat du soir. Tous les humains sont soumis à cette malédiction : ce qui arrive n'est pas voulu, pas prévu, tu ne gouvernes rien, tu manges ce que la vie veut bien mettre dans ta gamelle. Ma grand-mère Mina est morte à soixante-et-onze ans. Ma seule famille. C'était quelques mois avant le changement de monde. Elle avait préparé une boîte à chaussures avec la mention : *Pour mon petit-fils*. Dans la boite, des humbles trésors : des photographies de gens dont j'avais peiné à retrouver le nom et de maisons avec des jardins heureux, de pique-niques aussi. Dans les jardins le traditionnel vieux pneu suspendu pour faire l'acrobate. Dans cette boite à chaussures des coupures de journaux évoquant les luttes des droits civiques autrefois, des gris-gris vaudous, des articles de presse racontant le pouvoir des esprits. Une vieille voisine de ses amies m'avait dit que Mina fréquentait une sororité de prêtresses vaudou. Ces dames étaient des femmes de ménage pour la plupart, des cuisinières pour les petites cantines de quartier, des gardiennes d'immeubles riant fort et des nounous aux yeux toujours baissés pour les familles blanches d'avocats, de radiologues ou de dentistes.

Des invisibles. Mais de grandes savantes. Des astrologues et envoûteuses consultées avec respect. Madame Mina pouvez-vous faire quelque chose ma femme me trompe. Madame Mina j'ai un cancer du sein (c'est une récidive la première fois c'était voilà six ans) à quoi dois-je m'attendre ?

Coupure de presse trouvée dans la boite à chaussures de Mina et je l'ai toujours sur moi, y compris lors des fusillades : *Le vaudou (ou vodou ou vodoun) est une religion originaire de l'ancien royaume du Dahomey (Afrique de l'Ouest). Ce culte est toujours largement répandu au Bénin et au Togo. Cette religion est basée sur la magie vaudou.* Même si tu n'y crois pas, la magie,elle, elle croit en toi, disait Mina. *À partir du XVIIe siècle, les Noirs capturés, réduits en esclavage, originaires de cette région d'Afrique répandirent le culte aux Caraïbes et dans les Amériques. Le vaudou se retrouve donc sous différentes formes à Cuba, en Haïti, au Brésil ou encore aux États-Unis, en Louisiane surtout. Le vaudou est né de la rencontre des cultes traditionnels des dieux Yorubas et des divinités Fon et Ewe, lors de la création puis l'expansion du royaume Fon d'Abomey aux XVIIe et XVIIIe siècles. Vaudou (que l'on prononce vodoun) est l'adaptation par le Fon d'un mot Yoruba signifiant « divin ». Le vaudou désigne donc l'ensemble des dieux ou des forces invisibles dont les hommes essaient de se concilier la puissance ou la bienveillance active. Vodoun est l'affirmation d'un monde surnaturel, mais aussi l'ensemble des procédures permettant d'entrer en relation avec celui-ci. La brutalité subie par les esclaves pour créer un climat constant d'état de choc, ceci dans le but de briser tout esprit de résistance, est sans doute à l'origine du féroce développement d'un vaudou de terreur et de vengeance. Que l'on retrouve chez les descendants d'esclaves, qui pratiquèrent cette religion en réponse à des actes d'une cruauté difficilement concevable, commis par leurs maitres. Cette culture se caractérise par les mystérieux enchantements d'incorporation (possession volontaire et provisoire par les esprits), les sacrifices d'animaux, le recours aux morts vivants (zombies), ainsi que par l'exercice de la sorcellerie des arbres et des cours d'eau, sur des poupées à épingles. La pratique de cette religion étant interdite par les colons, passible de mort, de viol ou de peine de prison, elle se vivait dans le secret des nuits d'insoumission farouche.* Madame Mina est-ce exacte qu'un esprit puissant venu en avion du nord Togo (de la région des Batammariba à ce qu'on dit) habite désormais le toit-terrasse d'un immeuble de Mariners Harbor à Staten Island ? pouvez-vous consulter cette puissante entité pour qu'elle protège mon fils incarcéré - suite à une erreur judiciaire - au centre correctionnel d'Attica ? ses gardiens le persécute car ils savent que c'est une erreur judiciaire et ils détestent encore plus avoir tords ces fdp. Vous savez Mark David Chapman, le meurtrier de John Lennon, est actuellement incarcéré là-bas, à moins qu'il ne soit mort on ne sait pas trop surtout que le climat est rude à Attica, cette petite ville maudite située à mi-chemin entre Buffalo et Rochester merci Madame Mina de faire votre possible pour mon fils combien je vous dois ?

D'abord, pendant plus de dix ans, il y a eu une série ininterrompue de défaites. Des villes comme Berlin, Barcelone, Seattle, Dijon, Kyoto sont retombées aux mains des politiques et de leurs armées. Puis deux événements sont survenus. Primo les neuf grandes guérillas vertes se sont fédérées avec un état-major militaire unique. On a repris Berlin et Kyoto. Secondo les théoriciens de la rébellion ont choisi d'avoir recours au vaudou. D'utiliser la magie contre les technologies policières de pointe. Contre tous ces drones ces espionnages faciaux. Le Mort bleu s'est avéré un esprit allié très utile. Il nous a offert l'invisibilité ponctuelle, le bouclier à certaines balles. Nos prêtresses ont publié et distribué un volume traduit en cinquante-neuf langues, le fameux *Petit traité de sorcellerie et d'écologie radicale de combat.* Un manuel pour pratiquer une utile magie de base. La guérilla a commencé à marquer des points. J'ai gardé deux photos d'autrefois, ne m'en séparant jamais. Les esprits disent que ce sont mes talismans. Ces deux photos : Mina tricotant un pull. On reconnait mon gros pull jaune à torsades, je l'ai porté longtemps, maintenant je dors avec. L'autre photo, c'est moi-même au volant d'une auto qu'on m'avait prêtée pour acheter du bois dans un magasin de bricolage car je voulais fabriquer des volets intérieurs pour mon appartement soumis aux publicités lumineuses du centre commercial voisin. J'avais été pris en photo par un voisin, je ne sais plus son nom. Il aimait tirer le portrait des gens du quartier. Ah oui, il s'appelait monsieur Nietamer, un vieux bonhomme de la diaspora alsacienne, il était coiffeur sur la 56ème rue. Sur sa petite photographie, Mina conquiert une sorte de présence, d'existence pour ainsi dire, à force de figurer immobile, comme disponible, prête à agir. Je me demande souvent : c'est quoi exister ? J'aurais du mal à exprimer une réponse satisfaisante, claire et simple. Mais lorsque je regarde ce léger bout de papier noir et blanc, je vois une héroïne. Depuis là où elle est à présent, elle ne m'oublie pas, elle reste par là, pas loin, elle ne me laisse pas tout seul, elle est ma morte protectrice. Elle m'épaule, ma secouriste bien-aimée. Elle le faisait déjà, vivante. Comme ces premiers jours où tout nouveau chauffeur de la ligne JFK/La Guardia-Manhattan, je la voyais monter le matin dans mon bus, s'assoir au fond sur la banquette de plastique vert pomme, m'accompagnant sans mot dire, roulant avec moi, fier de me voir bien faire les choses. Elle vérifiait que sa jupe avait le bon plissé, sortant de son sac son poudrier avec le minuscule miroir. Elle s'assurait de son maquillage mais ne voyait pas grand-chose dans le miroir, juste une vieille femme. Son regard de fantôme indulgent planait alors sur cette infinitude d'immeubles, de ponts, de parkings débordant d'autos, sur les feux de feuilles mortes s'éteignant dans les jardins d'automne, sur les balançoires solitaires remuées par le vent, sur les fils à linge sans rien dessus, sur les oiseaux qui s'en moquent de nos pauvres petites histoires humaines.

Sortir des refuges est dangereux. Long chemin ténébreux de ciment usé, avec des pauses recueillies pour écouter la rumeur des tunnels. Corridors, galeries, passages. Nous sommes des êtres du dessous. Des animaux de la nuit ineffaçable. Sortir pour s'approvisionner, espionner, piller, guerroyer. Se défendre. Sortir pour passer du noir au blanc, de la nuit au jour, d'aujourd'hui à hier. De la vie à la mort.

Le panthéon vaudou est avant tout celui des forces de la nature. Les dieux renvoient à la foudre, à la mer, aux frondaisons. Mais ce culte chante aussi d'autres entités, telles que les ancêtres et les monstres aperçus dans le noir, les animaux. J'aimerais aller au-delà de ma vie comme j'allais parfois au-delà de New-York. Je prenais un billet, montais dans un bus, rêvais qu'il ne stopperait jamais dans son absurde trajet jusqu'à la fin du monde. Rouler. Pour parcourir les Etats-Unis d'Amérique, tout le pays, toute la terre, rouler jusqu'à la lune, visiter sur place la mer de la Tranquillité et continuer. N'avoir ni étapes ni destination. Quitter ces rues d'ici, ce cachot : ma chambre. Vagabonder pour oublier les égouts niant l'existence des rivières, le mépris pour les esprits de l'air généré par les tours de refroidissement de la centrale nucléaire non loin. Mina assurait que dans le début de leur trépas, les morts traînent dans les lieux qu'ils aiment. Pour essayer de comprendre ce que signifie ce cirque. Elle disait que tu peux voir les nouveaux morts si tu regardes bien. Timides, ils demeurent en bas des escaliers, en retrait pour ne pas gêner les vivants, stationnaires sur le seuil des garages où dort leur auto, inquiets dans les salles d'attente des médecins, muets devant les guichets de l'aide sociale. Comme en panne. Sachant d'instinct que le changement ne signifie pas que les choses soient différentes. Leurs sentiments demeurent les mêmes, expliquait ma grand-mère. Lourd bagage à trimballer jusque dans les halls surchauffés des hypermarchés, dans les cellules des postes de Police, dans les salles d'opération des hôpitaux, dans les vestiaires ammoniaqués et collectifs de la piscine du Tony Dapolito Recreation Center (Clarkson Street and Seventh Avenue south). Et en 1987 (c'est tellement loin 1987), Keith Haring a réalisé une peinture murale sur une des façades du bâtiment. Aujourd'hui le Mort Bleu a été ajouté sur le mur de Keith Haring, avec des pochoirs géants. Dans l'abusive douceur d'un néant agréable, les défunts échouent bien loin des journées magnifiques et inoffensives d'hier où des gens, la famille, des amis et même des chiens leur témoignait de l'intérêt et qui sait - pour les plus chanceux - de l'amour. Temps lointains. Voilà le genre de choses que me racontait Mina lorsque j'étais petit. Des histoires de morts, saupoudrées de la certitude que chacun quittera ce monde en se demandant si des survivants se souviendront un peu de l'homme ou de la femme formidable qu'il n'aura pas réussi à être ne serait-ce qu'une journée ou deux.

Azaca dieu de la prospérité
Damballa dieu serpent de la connaissance
Erzulie Freda déesse de l'amour
Tata Mars Elle déesse chien-chat des cuisines et des banquets
Gu / Ogou dieu de la guerre et des forgerons
Hebieso dieu de l'orage et de la foudre
Odrou Rita déesse des huit occurrences advenues
Béka (on dit BK aussi) déesse hérisson de l'amitié fidèle
Mamie Wata déesse mère des eaux
Mawu dieu suprême et créateur
Papa Legba dieu messager et des croisements de destinée
Sakdata dieu de la variole, des maladies, des épidémies, de la guérison et de la terre blessée
Mamie Kachée déesse du dessous des choses
Gnou dit « l'âmeur » dieu fabriquant puis distribuant les âmes dans les corps humains et animaux

Pour le goûter, je m'attablais devant un verre de lait et des sablés vanille au magnésium. Mina promettait qu'on irait traîner sur les jetées à Long Island le dimanche suivant, disant que la mer n'est rien d'autre que de la mémoire, une énorme masse de mémoire pure, la plupart des heures heureuses s'étant vécues dans l'insouciance d'une plage. Une fois ou deux, j'ai été le roi du monde, un petit dieu optimiste et étourdi, aimé et ignorant de l'être. C'était sur les jetées de Long Island, les dimanches soir de printemps, lorsque le ciel s'endormait dans ses tons de miel chaud et que je n'avais qu'à tendre la main pour frôler les étoiles. La nuit passée, les prêtresses ont fait ce qu'elles devaient pour nous invisibiliser trois heures, ma section et moi. Elle ont parlementé avec Mamie Kachée la puissante déesse du dessous et cette dernière a dit ok je vais aider nos fils faire protection spéciale. Sortilèges. Avant, grâce à la magie du

Mort bleu, je me suis changé un instant en corbeau, c'est mon animal de pouvoir. J'ai pu repérer les lieux et redevenu humain, j'ai dessiné pour les miens un plan. Aux mains de la police, un ancien dépôt-vente reconverti en zone de stockage de nourriture. Mourir le plus riche que possible, voilà le but des administrateurs de la police. Ils spéculent sur les vivres. Conserves encore consommables, boissons en boite. Et trafiquent avec les réserves volées à la guérilla après certains saccages de refuges. Nous nous sommes arrangés pour exaucer la première partie des vœux des administrateurs. Mourir. Mais pauvres. Protégé par l'invisibilité, nous avons tué les trente-neuf ennemis retranchés, cloué leurs mains vides et impuissantes bien en vue sur les murs extérieurs et récolté une tonne de provisions. Ceci sans perdre un seul des nôtres. A l'aube, de retour dans nos refuges profonds, nous avons décidé de fêter ça le soir suivant. De danser et visionner de vieilles séries télé, de boire et d'espérer. Nous sommes sans peur en subissant le léger tremblé des abris frappés, en représailles, par les tirs sporadiques d'obusiers géants. Toutes ces ruines au-dessus de nos têtes. Mais les tunnels secrets pour sortir encore inquiéter l'adversaire. Nul ne nous domestiquera. La magie nous rend presque invulnérable et assure, en dépit des coups reçus, notre longévité. La guérilla verte est enragée, violente et audacieuse. Nous voulons la fin de la civilisation industrielle, nous voulons rendre les forêts et les fleuves aux esprits, nous voulons le silence des moteurs et l'abolition du pouvoir d'une minorité sur la majorité. Nous sommes à jamais les enfants de la colère. On ne bâtira sans doute pas un monde meilleur. Et alors ?

Les derniers temps, dans ma vie d'avant, le dimanche m'était un jour pénible. Programme : zoner du côté de New Rochelle ou de Shirley, pour voir des matchs déjà commencé ou presque fini. Traîner à Long Beach mais c'était plus pareil de le faire seul. Une fois à Point Lookout, les gens criaient de bonheur sur la plage : ils disaient qu'on avait aperçu une baleine et son baleineau non loin. Pourquoi être si heureux avec ces animaux divins et leur faire tant de mal en bousillant méthodiquement l'Arctique ? Je m'étais demandé. Rôder sans amour, le dimanche, c'est ce que je faisais pour ne pas rester à l'appartement. Sans amour zoner du nord au sud, de l'est à l'ouest, du matin au soir, du ciel bleu à la pluie, du sourire aux larmes. Scotché à mon rien de prévu. Prendre le bus vers je ne sais où dans un rayon de cent kilomètres (après c'était trop cher) et rouler. Etre un passager, aussi. Le paysage défilait, tout bougeait sauf moi. Usines à moitié fermées, Ford ou Chevrolet rouillées dans les arrière-cours des maisons décrépies sous la douceur des astres. C'est loin tout ça. Ma section (liste un peu longue mais cela ne me viendrait pas à l'idée d'oublier quelqu'un, tant qu'ils sont en vie, je les cite tous) : Doyle Kipling, Fidèle Kougnakou, K-ty Lakata, Marla Bo, Vrai Bo, Mi Bzi, Atom Loki, Don Zorro, Kali Kali, Ruby Blixen, Wendy Bam, Arnaud le Qualiticien, Piotr Bish, Paul Astapovo, Antoine Millot, Myriam Traenheim, Otto Nash, Ana Dana, Ol Richet, Nelly Arcan, King Salomon שְׁלֹמֹה, Ricardo Olson. Les seize autres sont morts durant les luttes de ces dernières années. Ma section, c'est ma famille. On mange ensemble, on dort ensemble, on se bat ensemble, on pleure ensemble. On est comme une meute de loups, nous nous protégeons mutuellement, nous chassons et le cérémonial vaudou nous unit dans son feu. Politiquement, plus personne – ni dans nos tunnels ni à l'air libre – ne croit encore en un avenir meilleur. On s'entretue c'est tout. Tous autant que nous sommes sur cette planète déglinguée, nous formons la grande civilisation du meurtre. Un beau jour, tout s'est effondré en bloc et maintenant c'est ainsi que les choses continuent. Personne n'a pu empêcher cette catastrophe, n'a voulu ou n'a su redresser la barre à temps. Le mauvais comme le bon, les façons d'être, de voir, de penser du passé : c'est mort. Héritage direct d'hier, il nous reste un seul précieux trésor : la rage de démolir pierre par pierre le peu demeurant debout. Nous sommes tous fous. Mais nous n'ignorons pas que cette folie est le fruit de la rapacité, de l'aveuglement et de l'oppression choisie avec obstination par le genre humain.

Je sais que ma grand-mère a lu tous les livres de Zora Neale Hurston (1891-1960) et qu'elle vénérait cette femme, une écrivaine d'origine afro-américaine, auteure du roman *Une femme noire*. Née le 7 janvier 1891 à Notasulga, Alabama. Etudes d'anthropologie en 1928. Editrice du magazine littéraire *Fire !* avec Langston Hughes et Wallace Thurman et j'ignore qui sont ces personnes. Elle s'intéressa de près au folklore noir américain et au vaudou haïtien. En 1954, Zora n'arrivait pas à vendre ses livres de fiction alors elle fut envoyée par le *Pittsburgh Courier* couvrir le procès pour meurtre de Ruby McCollum, la femme noire d'un gangster local qui avait tué un médecin du Ku Klux Klan. Recopié à la main sur l'emballage en carton gris d'un paquet de sablés vanille au magnésium, de la main de Mina cette citation de Zora Neale Hurston : *Les navires au loin ont à leur bord tous les désirs de l'homme. Certains rentrent avec la marée. D'autres continuent de voguer sur l'horizon, sans jamais s'éloigner, sans jamais accoster, jusqu'à ce que le veilleur détourne les yeux, résigné, ses rêves mortifiés par le temps. Telle est la vie des hommes.* Après la mort de Mina, j'ai examiné souvent des photographies de cette dernière. Je les regardais vraiment, dans une attention si totale que je ne voyais aucun autre objet avec lequel se concentrer de la sorte, pas même une note de supermarché discount, pas même un courrier d'huissier. Un matin dans le bus, j'ai entendu à la radio une pièce de théâtre. C'était une adaptation d'*Huckleberry Finn*. Les passagers avaient exigés que je mette de la musique alors j'avais arrêté la pièce même si les voyageurs avaient leur mp3 perso sur les oreilles deux minutes après. J'avais eu le temps de noter une phrase de la pièce. Cela disait et c'est exactement, mot pour mot, ce qui s'est produit pour ma grand-mère Mina : *Vous direz ce que vous voudrez, mais cette fille, à mon avis elle était tout sentiment. Et pour la beauté - et la bonté aussi - les autres pouvaient toujours s'aligner ! Je ne l'ai jamais revue mais j'ai pensé à elle des millions et des millions de fois.* Ma section au complet connait cet extrait par cœur, je le leur récite souvent. Son beau visage photographié. Mina. Son beau nom, Mina. Tu détailles les traits simples de ce portrait, ce sourire, ces yeux noirs venus de loin, d'Afrique jamais vue, ce corsage d'ange, cette jupe élégante, tu t'attardes sur ces chaussures qui ont dû coûter un mois de travail à la laverie industrielle de Battistini street où elle avait passé une bonne partie de sa vie, les mains dans l'eau froide ma Mina. Jamais en retard. Ouvrière docile. Petite taiseuse. Et c'est beau, tu vois cette lumière céleste autour d'elle, ce signe que le jardin d'Eden publiera son nom, qu'elle en fait déjà partie, tu comprends c'est sûr, du fameux paradis.

Voici un mois, durant un corps à corps devant le vitrail de Marc Chagall dans le bâtiment amoché des Nations-Unies, j'ai perdu la photographie de Mina. Je suis retourné dix jours plus tard sur les lieux. On ne sort jamais vers la surface sans être au minimum trois, c'est la règle. Otto et Alice sont venus. En hurlant « larbin », Alice a donné un grand coup de pied dans la tête gonflée d'un policier dégommé. C'est que ce dernier avait failli la tuer à l'arme blanche lors de l'accrochage. Mais elle avait eu le dessus en lui fixant proprement un tournevis, épointé avec amour lors des longues soirées d'hiver, dans l'oreille. Les cadavres bleus et suintants des ennemis, je les ai retourné. Sans succès, pas de photo. Ni dans les gravas multicolores formés par une partie du vitrail explosé. Otto a dit on trouve rien sauf des munitions et des barres de céréales encore consommables. Et il a ajouté ces gars-là ont des photos mais c'est pas la bonne. Envolée au vent de la guerre éternelle ma Mina, évanouie dans une flaque de sang noir. J'ai prié le Mort bleu pour qu'il me rapporte le cliché. Peine perdue. Mais il le fera peut-être plus tard ? J'y crois. Mais par précaution en rentrant je vais en toucher deux mots aux prêtresses et s'il le faut elles iront jusqu'à contacter Mamie Kachée la puissante déesse du dessous des choses, celle qui nous aime obstinément.

On est alors resté longtemps sur place Otto et moi, songeant à l'inutilité de tout ce qu'on fait et de tout ce qu'on décide de ne pas faire. Immobiles comme des statues d'héroïques guérilleros de l'armée verte mitraillés par l'insouciance des absents. J'ai éprouvé une sorte d'accablement et, simultanément, de l'incuriosité devant mon propre sort. Arrivera ce qui arrivera comme on dit sans trop croire que quoique ce soit de merdique puisse arriver. Puis, dans ce monde éteint et sans but, j'ai levé la tête et, à perte de vue, l'opacité du nuage de pollution était telle que j'ai compris qu'il fallait que je m'ôte de l'esprit l'idée de voir loin.

PETIT TRAITE DE SORCELLERIE ET D'ECOLOGIE RADICALE DE COMBAT 3 nouvelles
Avec le soutien de Rose Evans, Olivier Millet (*Hispaniola Littératures*) / Anastasia Tourgeniev, Ludmilla de Monfreid et Zoé Agbodrafo (*Totemik CrowFox*) / Bob Collodi (Académie des littératures Orélides) / Astrid Laramie, Olivier Bastille de Gouges et Paul Astapovo (Fondation Carlota Moonchou) / Marie Doré, Julia Woolf et Sébastien Breton (*Lapin à Métaux*) / Laurent Battistini, Piotr Bish et Aksana Lydia Oulitskaïa (*Neness Danger*) / BoD. **Mise en édition** : Olivier Millet, Rose Evans (*Hispaniola Littératures*) / **Remerciements de l'auteur à** : sa famille, Daisy Beline, Rudy Ruden, Noël Vermot-Desroches, Georges Bernanos, Pierrot Dub, Zora Neale Hurston, Elise Parmentier, Horacio Quiroga, Karma Ripui-Nissi, Sylvie Wolfs, Jérôme Comment, Élisabeth Huard pour sa relecture d'élite. Avec un salut amical aux membres de *Mon Club d'Écriture*. **Petit traité de sorcellerie et d'écologie radicale de combat.** Éditeur : Olivier Millet / Photographies de couverture (recto) Sebastiaan Stam (agence Unsplash) et (verso) Joshua Rawson-Harris (agence Unsplash) / Correctrice : Élisabeth Huard / Maquette et mise en pages : Zoé Agbodrafo / Dépôt légal avril 2021 / ISBN 978-2-3221-5514-9 / Imprimé en Allemagne / www.bod.fr / www.aubert2molay.vpweb.fr / © Ph.A2M, 2021 © Hispaniola Littératures, 2021.

du même auteur (nouvelles)
SAPIN PRESIDENT (2021, *Hispaniola Littératures/BoD*)
LA FEE DES GRENIERS (2021, collectif, in *Les fleurs*
recueil du Prix Pampelune, *Pascale Leconte/BoD* et in *Sapin président, Hispaniola Littératures/BoD*)
SELON LA LEGENDE
(2018, collectif YaNn Perrier, in *Cueilleur d'éclats, Souffle court*)
LE DOCUMENT BK31 (2018, *Le Lapin à Métaux*)
BOXER DANS LE VIDE (2017, *Souffle court*)
LECON DE TENEBRES (2015, collectif, *Au Diable Vauvert*)
TAMBERMA
(2013, photographies d'Yves Regaldi, *Souffle court*)
PERSONNE N'EST MORT (2012, *Souffle court*)

www.aubert2molay.vpweb.fr